छह नम्बर जेटू

छह नम्बर जेठू

महाश्वेता देवी

अनुवाद

सुशील गुप्ता

वाणी प्रकाशन

वाणी प्रकाशन
4695, 21-ए, दरियागंज, नयी दिल्ली 110 002
शाखा
अशोक राजपथ, पटना 800 004
फ़ोन: +91 11 23273167 फ़ैक्स: +91 11 23275710
www.vaniprakashan.in
vaniprakashan@gmail.com

CHHAH NUMBER JETHU
by Mahashweta Devi
Translated by Sushil Gupta

ISBN : 978-93-5000-974-1
Novel

प्रथम संस्करण
मूल्य : ₹ 65

ओम ऑफ़सेट, दिल्ली-110093 में मुद्रित

वाणी प्रकाशन का लोगो मक़बूल फ़िदा हुसेन की कूची से

'नहीं, वह मेरा कोई नहीं...'

'तुम...

'तुम नहीं, आप कहें, साहब!'

थाने का नया क्लर्क अचकचा गया। जाने क्यों तो उसे इस मेज़ पर बिठाया गया। उस दिन के बम-विस्फोट में, इस आदमी का जाने कौन तो मरा है।

सुना है, थाने की यह इमारत नयी-नयी तैयार हुई है। 5-7 वर्ष पहले। नयी इमारत में, नयी नौकरी! उसका मन लग जाना चाहिए था। लेकिन, कुमार का किसी हाल में मन नहीं लग रहा था। वैसे यह नौकरी, सरकारी नौकरी ही थी। काफी उठा-पटक और कोशिश-तदबीर के बाद, उसे यह नौकरी मिली थी।

यह भी सच है कि अनहोनी को होनी करने में उस्ताद, उसके मामा के चेष्टा-चरित्र से ही यह काम बना। कुमार! काफी घर-बारी क़िस्म का लड़का। पिता की पेंशन माँ को मिलती, बहनें

ट्यूशन करती थीं। कुमार का ही कुछ नहीं हो रहा था।

उसके बाद, यह नौकरी!

'बंगाल के गाँव-देहात' के बारे में उसके मन में ढेरों अवास्तविक सपने थे। थाने का क्लर्क बनकर, उसे बेहद खुशी हुई थी।

लेकिन, बहुत जल्दी ही उसकी खुशी, गायब हो गयी।

'थाने में ही रहियेगा। चाहे कितनी भी गर्मी लगे, कमरे की खिड़की खोलकर मत सोइयेगा। रात को बाहर मत जाइयेगा। घर के कोने में ही निवृत्त हो लीजियेगा।'

थाने के चौकीदार, गोलक बाउरी ने उसे सारी बात अच्छी तरह, बार-बार समझा दी थी।

उसने कहा, 'ओ सी तो तब से ही नहीं है। नया ओ सी कब आयेगा, पता नहीं। जब तक वे नहीं आते...तभी से...'

अचानक गोलक ने प्रसंग बदल दिया।

उसने कहा, 'आजकल तो हमारे थाने के नाम, हर ओर टिटकारी...हर ओर बदनामी फैली हुई है! अखबारों में...टी वी में...खैर, छोड़ें, यहाँ आटे का ख़ास चलन नहीं है। रात को भात खाने में, आपको असुविधा तो नहीं होती?'

'नहीं, नहीं, असुविधा क्या हो सकती है? हां, अख़बार दो दिनों से दर्शन नहीं हुए...'

अख़बार के दो दिनों से दर्शन नहीं हुए...

दरवाज़ा खोलकर गोलक ने हाँक लगायी, 'सुबोध, अख़बार इन्हें दे जा! खूब अख़बार पढ़ना सीख गया है, हरामज़ादा!'

'यहाँ तो कोई लाइब्रेरी भी नहीं है।'

'है क्यों नहीं? है ना? इस्कूल है। जिसे किताब-पत्तर का झोंक था...वही रसराज का भतीजा... उसी की लाश को लेकर तो इतना-इतना गंदला घोला जा रहा है। ख़ैर, छोड़ें! लाइये, सुराही दीजिये। पानी भरकर, जाऊँ। सुनिये, रात को दरवज्जा बन्द रखियेगा...मैं भी कुछ दिन यहीं सोऊँगा...तब तो...'

यह कहते-कहते गोलक चला गया।

जाते-जाते वह कहता गया, 'कल आपको कुछ दूर घुमा लाऊँगा। पता नहीं, क्या तो हुआ...'

रसराज का भतीजा! उसकी लाश! कुमार ने सिर हिलाया, हिलाता ही रहा।

कमरा मंझोले साइज़ का था। खिड़की पर चौकोर छेद की जाली जड़ी हुई!

चलो, यह अच्छा है। थाने के बाहर ही

जंगली, अरवी का झाड़! 'लता-पत्तों का डर है–' गोलक ने कहा था। कुमार ऐसी एक जगह आ पड़ा था, जहाँ सूरज ढलते ही, कोई भी बंदा 'साँप' शब्द अपनी जुबान पर नहीं लाता।

खिड़की में जाली लगी हुई है। कमरे में भी हाल में ही नया-नया रंग-रोशन कराया गया है। दीवारें सफेद रंग की हैं और कमरे का छादन टाली की है, लेकिन शाम उतरते-न-उतरते, मच्छरों की भनभनाहट सुनायी देने लगती है। पिछली रात बस से उतरकर सामने रसिक की दुकान पर, कुमार खाकर आया था। बेहद थका हुआ था, खूब गहरी नींद सो गया।

आज सुबह से, उस जगह से जान-पहचान होने लगी। गोलक ने कहा–'अब रहने ही तो आये हैं...'

बे-शक़! पहली नौकरी है!

गोलक का चेहरा भावलेशहीन रहता था। थाने में उसका सटीक पोस्ट क्या है, शुरू-शुरू में कुमार को अन्दाज़ा नहीं लगा। अब जान गया है।

'शीतला' होटल के मालिक', रसिक ने बताया, 'उनके बिना थाना अचल है। काफी कामकाजी बंदा है।'

थाने में बिजली लगी है। कुमार के कमरे में भी ट्यूब जलती है। उससे ख़ास उजली रोशनी तो नहीं मिलती, फिर भी...। नहीं, किताब-कागज या अख़बार भी नहीं था। अख़बार यहाँ शाम को आता है। फिर भी, यह राज्य सरकार के क्लर्क की नौकरी थी।

कुमार के मामा ने कहा, 'साल भर, यहाँ रगड़ता रह, उसके बाद, कलकत्ता आ जाना।'

कलकत्ता! कुमार के मन को धक्का लगा। अभी कल ही तो वह आया है, कुल एक ही रात बितायी है उसने, अभी ही मन लौट जाने को बेचैन हो उठा है? कुमार ने अपने मन को बमुश्किल शांत किया। रसराज...रसराज...इस नाम के साथ जाने क्या तो जुड़ा हुआ है; जाने क्या कुछ तो जानना बाकी है...

कुमार ने दरवाज़ा खोला! हाथ में टॉर्च लिया। पानी से भरी हुई बाल्टी, बराम्दे में ही रखी हुई थी। कुमार ने कपड़े बदले; चेहरे पर पानी के छींटे मारे। अभी तो कुल छः ही बजे हैं।

गोलक ने आवाज़ देकर कहा, 'मैं चाय-मुरमुरे ला रहा हूँ। दरवज्जा बन्द मत कीजिये।'

गोलक चाय-मुरमुरे-पकौड़े ले आया।

'अगस्त के फूल के पकौड़े हैं। रसिक ये

पकौड़े इतने स्वाददार बनाता है...'

'तुम नंगे पाँव चले आये?'

'हम जैसों को...शामिल क्यों करते हैं, साब? यहाँ नर-नागों का वास है। यहाँ ढेरों साँप हैं... लेकिन थाना तो थाना है। वहाँ सदा-सर्वदा लोग आते-जाते हैं। साँप भी तो इन्सानों से डरते हैं...! लीजिये, खा लीजिये।'

'मैंने अगस्त के फूल के पकौड़े कभी नहीं खाये।'

'अब, खाइये।'

'गोलक, कल सुबह ज़रा बाहर निकला जा सकता है?

'लगता नहीं! रसराज मंडल आ धमकेगा।'

'हाँ, नाम तो मैंने भी सुना है।'

'आप बस से, जिस नहर के किनारे से आये हैं, उसी तरफ उसका घर है। लम्बा-सा, एक-मंजिला घर! आपने शायद ख़्याल नहीं किया।

'ना! वह घर उसका अपना है?'

'धत्त्! ऐसा घर वह कहाँ से बनवायेगा? वह जगह, पहले सातकौड़ी गिरि की गोशाला थी! सारी दुधारू गायें थीं। सातकौड़ी गिरि मंदिर में पूजा देकर, अपनी गायों का नाम रखता था। हम सब उससे पूछते थे—ओ गिरि बाबू, गाय का

नामकरण किया, हमें दावत नहीं दोगे?'

'वह दावत देता था?'

'अरे, बाल-बच्चों को लइया-बताशे थमा देता था, और क्या?'

'रसराज उनका कौन लगता था?'

'नहीं, नहीं, वह उनका कोई नाते-रिश्तेदार नहीं था। सातकौड़ी गिरि ने जिनसे शादी की थी, उनका काका, सैलो बिठाने के ठेकेदार था। उनको कोई सन्तान नहीं थी। जिस भतीजी को उन्होंने गोद लिया था, उनसे ही गिरि बाबू ने ब्याह कर लिया। काका ठहरे राजा-गजा मानस! खड़गपुर-कांथी-तमलुक...दिशा-दिशा में उनकी बस-सर्विस थी।'

'बस सर्विस?'

'हाँ, जी, बाबू जी, सातकौड़ी बाबू अपनी बीवी को लेकर, चचिया ससुर के यहाँ जा बसे और रसराज को अपना घर-तबेला दे गये। रसराज वहीं रहे, घर-द्वार-तबेले की देखरेख करे। रसराज उनका रखवाला जो था! बेहद विश्वासी बंदा!'

'उसको अपना घर नहीं दिया?'

'रखवाले को अपना घर-आँगन दे देते? कोई देता है भला? सातकौड़ा बाबू को गायों के प्रति अगाध भक्ति थी। लम्बा, एक-मंजिला घर, तबेले

के पास ही, सोने का कमरा! बाहर ही ट्यूब-कल! यानी सैकड़ों तरह की निधि वहाँ मौजूद थी। लिखा-पढ़ी भी हो गयी। रसराज मंडल वहाँ रहेगा, सबकुछ देख-सुनकर सम्हाले रहेगा। बस, वही भोग-दख़ल। बेच-बूच नहीं सकेगा।'

'उन्होंने भी बेचा नहीं?'

'अरे नहीं, यह क्या कलकत्ता है, कि किसी का घर, कोई और दख़ल कर ले? यहाँ यह सब नहीं चलता। इधर रसराज मंडल की बहुरिया बेटी पर बेटी पैदा करती रही। एक के बाद एक, दनादन चार बेटियों को जन्म दिया, ब्याह भी कर दिया। गिरि बाबू के तबेले में, वे दोनों पति-पत्नी आ बसे। रसराज के साथ उनका दुलरुआ भतीजा, अमल भी आया।

'रसराज क्या?'

'मंडल।'

'उस बच्चे का नाम, अमल मंडल था?'

'हाँ, आप तो ठीक समझ गये।'

'उसी का जिक्र सुना था न मैंने?'

'हाँ, बाबूसाब, रसराज, गिरि बाबू के तबेले की देखरेख करता था। उसका कोई भाई मछलियाँ पकड़ता है, कोई भाई, पेड़ तराशकर, हंड़िया बांधकर रस उतारता है। दोनों भाई बाजार में

चून-चापूटा मछलियाँ बेचते थे। घर में आठ-आठ बेटे, तीन-तीन बेटियाँ। लेकिन उनमें से, किसी ने भी पाठशाला तक का मुँह नहीं देखा। एकमात्र अमल ही पाठशाला गया, इस्कूल पहुँचा। रसराज की जाने क्या मति-गति हुई, उसने स्कूल जाकर मास्टर से बात की।

उसने मास्टर से कहा, 'हम बारहों महीने तुम्हारे बाग़ में जी-तोड़ मेहनत करूँगा, पोखर की भी देखरेख करूँगा, मेरा यह अमल रस्ता भूलकर, मोरे घराने में पैदा हो गया। उसे आप..."

मास्टर ने कहा, 'हाँ, लड़के पास दिमाग़ भी है, मन भी है। तुम लोग उसे दुकान या बाजार भेज कर, उससे मेहनत-मशक्कत तो नहीं कराओगे? उस लड़के को इन्सान जैसा इन्सान बनाना होगा, रसराज! उसका बाप तो ताड़ी चढ़ाकर...'

'नहीं, बाबू, हम उसे सम्हालकर रखूँगा।'

'अंग्रेज़ी में वह पास कर गया है, गणित में भी तेज-दिमाग है। अगर ज़रूरत पड़ी, तो वह कांथी जाकर भी पढ़ सकेगा...'

'ऐसा ही कोई इन्तिज़ाम कर दीजिये, बाबू, ख़ानदान में कोई एक लड़का तो सच्चा इन्सान बने।'

'उसी लड़के की लाश को लेकर...?'

'हाँ, बाबूसाहेब, यह मानो सात कांड रामायन है। रसराज उसे दूध पिलाता था। मछली खिलाता था। उसका कहना था, इन सबसे 'बेरेन' तेज़ होता है। उसे गाय चराने को भी नहीं भेजता था। उसे अपने पास सहेजकर रखता था।'

'फिर...?'

'गाँव में उसका काफी नाम हो गया था। सभी लोग अपने बेटे-बेटियों से कहते थे—रसराज के भतीजे, अमल को देख, वह किलास में 'सेकन' होता है, तुम लोग ललटेनिया जलाकर, मास्टर से भी पढ़ते हो, फिर भी अंग्रेजी में पास नहीं कर सके? लज्जा! लज्जा! बड़े 'सरम' की बात है।'

'रसराज का भतीजा...'

'हाँ, बाबू, उस दिन जो इत्ते सारे मरे, उसमें तो अमल भी था—' गोलक एकदम से ख़ामोश हो गया।

कुमार ने धीमी आवाज़ में पूछा, 'वही लड़का छः नम्बर लाश है?'

'हाँ, वही लड़का...'

'और रसराज कहता है—नहीं, वह अमल नहीं है।'

'हाँ, बाबू! अच्छा, चलिये, अब खाना खा लीजिये। कल सुबह ही वह आयेगा।'

कुमार ने हाथ-मुँह धोया।

गोलक ने कहा, 'यह खाना खाने में आपको तकलीफ तो होगी, मगर क्या करूँ...'

'तकलीफ क्या होनी है, गोलक?'

'भात मैंने सबसे अन्त में उबाला। मेरे बप्पा कहा करते थे—गरम भात, देवता का आशीर्वाद होता है। वे भींगी हुई खसखस खाकर खेत में जाते थे, दोपहर को भी पानी में भिंगोया भात खाते थे और रात को भी पान्था भात! मैं भी कभी-कभार ही गर्म-गर्म भात खाता था। भात गरम है न?'

'एकदम गर्म! लेकिन, यह तो तुमने बहुत ज़्यादा खाना पका लिया है, गोलक।'

'हाँ, ज़्यादा तो है! बैंगन का भुर्ता है, साग का भुजिया है और मसूर की दाल है। कल न हो, मछली ले आऊँगा।'

'हाँ, छोड़ो तो! मैं मज़े में खा रहा हूँ।'

'रात को मैं चार-चार बार लाठी ठोंककर गश्त लगाऊँगा, तुम डरना मत, बाबू।'

'क्यों डर-भय की कोई बात है?'

'ना! अब डर-भय की कोई बात नहीं। उसी दिन से हर रात, गाँव के लड़के गाँव-पहरा देते हैं। सुनोगे, कैसे हाँक लगाते हैं—गोलक दादा हो

ऽऽऽ, हम हैं ऽऽऽ'

'अच्छा?'

'और नहीं तो क्या! गरमेन तो कहती है—थाना ही पहरा देगा। वे लड़के गरमेन नहीं हैं, फिर भी रात के वक्त गाँव-पहरा दे रहे हैं। इसीलिए तो थाना बाबू डर गये।'

'हाँ, सुना है...पढ़ा है...'

'चारों तरफ छिः छिः टिटकार पड़ गयी है।'

'सभी कुछ तो जानते हो।'

'स-ब! जब जानता हूँ। दारोगा क्यों नहीं आ रहा है, नाहीं समझे, बाबू? सबके दिल में भय-भीति जाग गयी है। मैं पूछता हूँ, ऐसी भय-भीति का काम करने ही क्यों गये? अच्छा, चलो, खाओ तो! बचा हुआ भात भी सान लो।'

'तुम कितना...जतन करते हो, गोलक!'

'छोड़ो, छोड़ो, बाबू! गोलक करेगा जतन! दस चक्कर में भगवान, भूत बन गये थे? गोलक बाउड़ी भी भूत-पिशाच से अधम है। खाओ, खाओ, पत्तल पर भात नहीं छोड़ना चाहिए। तकलीफ से ही सही, खा लो!'

'काश, मेरी माँ देख पाती, तो बहुत खुश होती।'

'इस गोलक बाउड़ी को देखो वह तो माँ—बाप,

छह नम्बर जेटू

